COUPABLE

L'affaire Charlène Pettigrew

CARINE PAQUIN

Gouvernement du Québec – Programme de crédit d'impôt
pour l'édition de livres – Gestion SODEC

Coupable : L'affaire Charlène Pettigrew
© Les éditions les Malins inc.
info@lesmalins.ca

Éditeur : Marc-André Audet
Directrice littéraire : Marie-Pascale Danis
Autrice : Carine Paquin
Révision/correction : Hélène Bard et Jean Boilard
Directrice artistique : Shirley de Susini
Illustration et conception de la couverture : Shirley de Susini
Mise en page : Diane Marquette
Illustrations intérieures : Valérie Deschênes et Shutterstock

Dépôt légal – Bibliothèque et Archives nationales du Québec, 2024
Dépôt légal – Bibliothèque et Archives Canada, 2024

ISBN : 978-2-89810-984-3
ISBN PDF : 978-2-89810-985-0
ISBN ePub : 978-2-89810-986-7

Imprimé au Canada

Tous droits de traduction et d'adaptation réservés. Toute reproduction d'un extrait quelconque de ce livre par quelque procédé que ce soit est strictement interdite sans l'autorisation écrite de l'éditeur. Toute reproduction ou exploitation d'un extrait du fichier EPUB ou PDF de ce livre autre qu'un téléchargement légal constitue une infraction au droit d'auteur et est passible de poursuites légales ou civiles pouvant entraîner des pénalités ou le paiement de dommages et intérêts.

Les éditions les Malins inc.
Montréal (Québec)

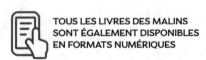

TOUS LES LIVRES DES MALINS
SONT ÉGALEMENT DISPONIBLES
EN FORMATS NUMÉRIQUES

ASSOCIATION NATIONALE DES ÉDITEURS DE LIVRES

COUPABLE

L'affaire Charlène Pettigrew

Enquêtes inspirées de faits réels.

À toi, je te crois !

PROLOGUE

Je suis le sergent-enquêteur Serg Barkley. Je n'ai ni le sens de l'humour ni l'envie de plaire. Tout ce qui m'importe et m'intéresse, c'est mon travail. Je suis un fier accro du boulot. Il n'y a rien de plus satisfaisant pour moi que de trouver la faille qui fait basculer une enquête dans la voie de la vérité.

Depuis que j'œuvre au département des crimes majeurs de la Sûreté du Québec, j'ai eu à mener des enquêtes troublantes, touchantes, dégoûtantes et parfois même mystérieuses. Des scénarios de film d'horreur qui feraient perdre la tête à beaucoup d'honnêtes citoyens.

Le soir, quand je ne trouve pas le sommeil, il m'arrive de me replonger mentalement dans certaines enquêtes passées. Je revois en boucle chaque élément de l'histoire afin de m'assurer qu'aucun détail ne m'ait échappé. Réviser mes dossiers classés est un casse-tête mental qui m'apaise, telle une méditation relaxante qui me berce dans l'insomnie de mes nuits tourmentées. Si mon médecin y voit des troubles du sommeil et d'anxiété, moi, je pense plutôt qu'il s'agit d'une passion sans pareille. À ce qu'on dit, tout est une question de perception.

Ce soir, je vous invite dans l'abîme de mes angoisses nocturnes. Aurez-vous les nerfs assez solides pour me suivre ? Si vous vous en sentez capable, accompagnez-moi dans l'une de mes anciennes affaires et voyez-en le déroulement à travers ce récit détaillé. Nous reconstruirons ensemble chacun des événements et nous verrons si vous serez en mesure d'éviter les pièges que ce dossier m'a tendus.

Vous savez ce qui serait intéressant ? Qu'au terme de ce récit, vous tentiez de deviner vous-même qui est le ou la coupable, ou encore qui sont les coupables.

Prenez soin de porter attention à tous les éléments de l'histoire. Chaque indice sera présent pour que vous trouviez qui est coupable. Mais attention, soyez perspicaces et ne ratez aucun détail. Parce que condamner une personne innocente est, à mon sens, bien pire que de ne jamais trouver le ou la coupable ou les coupables. Bien sûr, je ne vous laisserai pas dans le néant. Je finirai par vous dire si oui ou non vous aviez raison, mais seulement une fois que vous aurez rendu votre jugement.

Si vous êtes prêt (et même si vous ne l'êtes pas), je vous emmène à présent dans mes cauchemars, au creux de cette histoire éprouvante : l'affaire Charlène Pettigrew. Une de mes premières affaires en tant qu'enquêteur. Un dossier qui m'a fait prendre conscience que l'évidence fait parfois obstacle à la vérité !

PARTIE 1

L'APPEL

 9-1-1, quelle est votre urgence ?

Je pense qu'il y a une personne morte dans le bois.

 Qu'est-ce qui vous fait penser qu'il y a une personne morte dans le bois ?

Je vois son pied qui sort des buissons.

 Avez-vous tenté de lui parler ?

J'ai crié, mais personne ne répond et le pied ne bouge pas.

 Pouvez-vous vous approcher ?

Pas question ! Je suis avec mon bébé, je ne m'approche pas de ce corps.

 Donnez-moi votre position, s'il vous plaît.

Je suis dans le parc du bois de Saraguay, à l'entrée de la rue Croissant-du-Beau-Bois.

Vous avez bien dit le parc Saraguay, à l'entrée de la rue du Croissant-du-Beau-Bois ?

Oui, c'est ça.

 Parfait, j'envoie des secours. Pouvez-vous rester jusqu'à leur arrivée ?

Oui.

 Merci.

Quand mes collègues en patrouille sont arrivés sur les lieux indiqués par le répartiteur de la centrale d'appel 9-1-1, ils ont trouvé Charlène Pettigrew, une adolescente inconsciente qui avait été violentée. Son pouls battait faiblement, ses vêtements étaient déchirés, son corps portait des marques de violence, et son visage était sale et déformé par l'enflure causée par ses blessures. C'est dans l'ambulance, en direction de l'hôpital, que la jeune femme a repris connaissance et qu'elle a pu dire son nom et mentionner qu'elle avait été agressée.

La victime a rapidement été conduite aux urgences pour hypothermie, coups à la tête et blessures graves aux parties génitales. Ce n'est que plusieurs heures plus tard, alors qu'elle avait pris du mieux, que je me suis présenté à l'hôpital pour prendre sa déposition afin de comprendre la nature de cette agression, qui semblait viser le sexe de la victime.

Si vous croyez qu'il est facile d'élucider un crime quand nous avons une victime vivante et consciente, vous êtes visiblement un amateur. Ne le prenez pas mal, c'est un fait. Les témoins nous racontent souvent une histoire alors que les preuves, elles, nous disent la plupart du temps la vérité. N'allez pas spéculer que je présume que les victimes nous mentent, non ! C'est simplement qu'elles nous présentent leur perception des événements, un point de vue qui est leur vérité, mais pas toujours LA vérité.

La victime

Il s'agit d'une adolescente de cinquième secondaire, créatrice de contenu, qui se démarque par ses vidéos engagées dans lesquelles elle dénonce les préjugés envers les personnes trans. Suivie par plus de 100 000 abonnés, Charlène se fait parfois reconnaître dans la rue et attire beaucoup de spectateurs lorsqu'elle tourne des vidéos en direct. Bien que des milliers de personnes l'adorent et la suivent, elle compte tout de même quelques *haters*, qui ne se gênent pas pour l'insulter publiquement sur les réseaux sociaux, principalement en lien avec le fait qu'elle est une jeune fille trans.

À première vue, nous aurions pu croire à un crime transphobe, mais cette enquête me réservait bien des surprises, qui allaient confirmer ou pas cette hypothèse.

Le suspect

Quand j'ai rencontré Charlène Pettigrew à l'hôpital, elle était catégorique. Elle savait qui l'avait sauvagement attaquée : un garçon de son niveau scolaire qu'elle connaissait relativement bien, Pierre-Paul Gauthier. Un jeune homme beau et populaire, avec la réputation de « fils de riche », un ambitieux voulant réussir tout ce qu'il entreprend, y compris séduire les filles.

Les parents de la victime rageaient et exigeaient que justice soit faite. J'étais d'accord avec eux, la personne coupable devait répondre de ses actes. Cependant, il me fallait être certain que Pierre-Paul Gauthier était bien notre agresseur avant de lui passer les menottes et de faire en sorte qu'il soit traduit en justice. Je ne pouvais pas me contenter d'un nom, il me fallait un contexte, un motif et des preuves !

PARTIE 2

DÉPOSITION DE LA VICTIME

Nom : Charlène Pettigrew
Genre : Féminin
Sexe : Masculin
Âge : 16 ans

Évidemment, lorsqu'on interroge une victime d'agression à caractère sexuel, il faut mettre des gants blancs. Au sens figuré, bien sûr ! Les policiers ne portent pas de gants pour les interrogatoires, ce serait inutile. Vous l'aviez compris, j'espère. Sinon, nous voilà déjà très mal partis. Les gants servent à se protéger et à éviter de souiller une scène de crime. D'ailleurs, je ne sais pas pourquoi j'ai utilisé cette expression, je déteste les métaphores, elles ne font qu'embrouiller le discours.

Je profite de cet aparté pour vous préciser, à vous qui n'êtes pas familier avec la loi et ses nuances, qu'il y a une différence entre un viol, une agression sexuelle et une agression. Dans le premier cas, il y aura pénétration anale ou vaginale, tandis que dans le deuxième, il n'y en a pas ; l'agression sexuelle est notamment constituée d'attouchements, de voyeurisme, d'exhibitionnisme ou d'autres comportements à caractère sexuel. Tandis que lorsqu'on parle d'agression, on réfère à une attaque qui n'a aucune connotation sexuelle.

Dans notre cas, étant donné que la majorité des coups visaient spécifiquement les parties génitales de la victime, nous avons traité l'affaire comme une agression sexuelle.

Comme je disais, quand j'interroge une victime d'agression sexuelle ou de viol, je dois m'assurer qu'elle se sente respectée, comprise et écoutée pendant tout le processus. C'est une gymnastique émotive délicate, puisque mon travail demande des preuves plus tangibles que des ressentis ; mais il est délicat d'exiger des certitudes de la part d'une personne troublée, voire traumatisée.

J'aimerais d'ailleurs préciser une chose que les humains ont la fâcheuse tendance à oublier : les émotions sont, la plupart du temps, une nuisance. Elles embrouillent le discours et nuisent à la mémoire. Il est très difficile, dans le cadre de mon travail, de faire face à une personne démunie qui a perdu ses moyens à la suite d'un traumatisme. Je ne serais pas contre un interrupteur à émotions.

Voici donc la manière dont j'ai recueilli le témoignage de la victime, en compagnie de sa mère cette journée-là.

Q : **Je sais que ce sera difficile et désagréable, mais afin d'avoir toutes les informations nécessaires pour arrêter Pierre-Paul, j'ai besoin que tu me racontes ce qui s'est passé... En détail.**

R : Pourquoi ? Je vous dis que c'est lui.
C'est Pierre-Paul Gauthier qui m'a battue.
L'écœurant ! C'est ça qui s'est passé ! Anaïs avait raison, c'est un connard de pervers.

Q : **Je comprends, mais quand viendra le temps de l'accuser formellement, nous devrons prouver hors de tout doute que c'est bel et bien lui le coupable. Pour avoir des preuves irréfutables et être certain qu'il ne puisse pas s'en tirer, j'ai besoin que tu me racontes cette soirée. Commence par le début, avant l'agression. Qu'as-tu fait hier soir ?**

R : J'étais dans le parc avec Anaïs. On a fait un *live*.

Q : **Un *live* ?**

R : Une vidéo en direct. Pendant le *live*, Pierre-Paul a commenté quelque chose comme : « Il y a juste sept cents spectateurs, embrassez-vous, il y en aura plus ! » On l'a trouvé un peu con, mais quand même drôle. On a niaisé un bon bout avec ça, les spectateurs nous encourageaient à le faire en nous envoyant des cadeaux.

Q : **Des cadeaux ?**

R : Des cadeaux virtuels qu'on peut monétiser en tant que créateur. Mais on l'a pas fait, parce qu'on se serait fait bannir. On a juste répondu à des questions et niaisé en disant des conneries. Je fais souvent des *lives*, c'est comme ça que j'ai gagné mes abonnés.

Q : **Vous vous seriez fait bannir par qui ?**

R : La plateforme, c'est super sévère.

Q : **De quelle heure à quelle heure a duré le *live* ?**

R : Environ de dix-neuf heures à vingt heures.

Q : **Sais-tu combien de personnes ont visionné le *live* ?**

R : Ben, je sais pas trop, le monde regarde pas tout en même temps. Mais j'ai eu environ deux, trois mille spectateurs.

Q : Ensuite ?

R : Anaïs a échangé des messages audio avec son ex pendant quelques minutes pour lui dire d'arrêter d'écrire des conneries pendant nos *lives.*

Q : Qui est son ex ?

R : Pierre-Paul.

Q : Celui que tu accuses ?

R : Oui.

Q : Peux-tu me parler d'Anaïs et me dire depuis quand elle et Pierre-Paul sont séparés, et pendant combien de temps ils ont été en couple ?

R : Anaïs, c'est une fille qui est dans la même gang que moi. Au début du secondaire, on s'aimait pas trop. Comme on a des amis communs, on a appris à mieux se connaître. On est deux créatrices de contenu, pis nos abonnés aiment les vidéos qu'on fait ensemble. Elle et Pierre-Paul sont séparés depuis trois semaines et sont sortis ensemble environ six mois, je pense.

Q : Et toi ? Quelle relation entretiens-tu avec Pierre-Paul ?

R : On a pas de relation.

Q : Relation dans le sens de : est-ce que c'est ton ami, ton camarade de classe ou juste une connaissance, par exemple.

R : Ah ! On se parle sur Snap, mais pas vraiment à l'école. On s'est embrassés une fois le mois passé dans un party. Mais il ne s'est rien passé de plus. Disons qu'on est pas amis, mais on est pas juste des connaissances non plus. Je le trouvais cool… Jusqu'à hier.

Q : Juste pour être certain, tu m'as dit que ça fait trois semaines que ton amie Anaïs et lui ont rompu…

R : Oui ! Je sais ce que vous pensez… « Le mois passé, il sortait encore avec Anaïs. » Mais c'est plus lui qui m'a embrassée. Moi, j'étais juste un peu saoule. Il voulait rendre Anaïs jalouse, je sais pas, je comprenais pas trop ce qu'il disait. Pis après, il m'a demandé de pas en parler. Mais moi, j'ai tout raconté à mon amie, évidemment. Le plus con, dans l'histoire, c'est que c'est lui qui a fini par la laisser en disant que ça ne servait à rien de poursuivre cette relation si elle ne lui faisait pas confiance.

Q : Donc il a nié t'avoir embrassée ?

R : Il m'a traitée de conne, a laissé entendre que c'était moi qui avais un *crush* sur lui et il a tout nié.

Q : Donc, si je comprends bien, il t'a embrassée sans ton consentement dans un party le mois passé, il a ensuite nié l'avoir fait et il t'a finalement accusée de mentir ?

R : C'est ça.

Si mon système émotif fonctionnait normalement, j'aurais dès cet instant détesté ce garçon. Mais comme ma raison l'emporte souvent sur mes émotions, j'ai tout simplement pensé qu'il arrive qu'une personne commence par de petits gestes déviants avant de commettre un crime plus grave. C'est un profil plutôt normal, dans le contexte des personnes déviantes, bien sûr. L'exemple le plus connu est celui des psychopathes, qui peuvent d'abord torturer des animaux avant de s'en prendre aux humains… Mais désolé, je m'égare.

Pierre-Paul était-il bel et bien un menteur et un agresseur, comme Charlène l'affirmait ? Dans ce cas, il traînait possiblement un historique de déviances qui méritait d'être retracé, et c'était précisément ce que j'allais devoir faire.

Q : Et ton amitié avec Anaïs est restée intacte, même après cet événement ?

R : Elle m'a ignorée et boudée longtemps. Mais dernièrement, elle a déclaré que cette histoire était du passé et que Pierre-Paul était un connard. Elle m'a même avoué qu'il l'avait forcée à coucher avec lui.

Je notais tout ce qu'Anaïs m'apprenait en me disant que ce Pierre-Paul ne payait rien pour attendre.

Q : Donc, le *live* s'est terminé vers vingt heures, Anaïs a échangé des messages audio avec Pierre-Paul… et après ?

R : On est restées dans le parc, on a marché et on a parlé, jusqu'à ce qu'Anaïs me dise que sa mère lui avait demandé de rentrer à vingt et une heures, ce qu'elle a fait.

Q : Il était quelle heure ?

R : Je dirais proche de vingt heures quarante-cinq.

Q : Qu'as-tu fait après ?

R : Moi aussi, j'ai voulu rentrer. Comme Anaïs et moi n'habitons pas dans le même coin, elle est partie de son côté et moi du mien, vers la rue du Croissant.

Q : Comment te sentais-tu à ce moment-là ?

R : Euh, correcte… Pourquoi ?

Q : Pour savoir. Avais-tu consommé de la drogue ou de l'alcool ?

R : C'est quoi, le rapport ?

L'adolescente était sur ses gardes, je le sentais. Elle craignait possiblement que je porte un jugement sur la situation, ou pire, que je mette en doute sa parole. Pourtant, je n'avais qu'une idée en tête : pincer la personne qui lui avait fait du mal. C'est pourquoi j'ai pris le temps de préciser ma pensée.

Q : Toutes ces questions visent à m'aider à mieux comprendre la situation ; je veux être certain que celui qui a fait ça n'ait aucune chance de s'en sortir. Sois-en assurée. J'ai une petite sœur et, crois-moi, je vais mener cette enquête avec autant de rigueur que si tu étais elle.

Ma précision était de toute évidence nécessaire, puisque les épaules de Charlène sont tombées et ses mains se sont dessoudées ; elle était nettement plus détendue.

R : OK... Mais non, j'avais rien pris. Pas d'alcool, pas de drogue.

Q : Raconte-moi ce qui s'est passé après que ton amie est partie.

R : J'ai marché une ou deux minutes et j'ai senti quelqu'un me pousser dans le dos, ce qui m'a fait trébucher. La personne est embarquée sur moi et m'a écrasé la tête au sol. J'essayais de voir qui c'était, mais la force exercée sur mon crâne m'empêchait de bouger. Tout ce que j'ai réussi à voir du coin de l'œil, c'est que le gars était vêtu de noir et cagoulé... J'ai crié, mais j'avalais du sable et je croquais de la roche. J'ai eu peur de perdre mes dents tellement il m'écrasait la tête. C'est là que j'ai senti un parfum. Un parfum facile à reconnaître, c'était celui de Pierre-Paul... Mais j'ai pas tout de suite compris que c'était lui, là. C'est après, quand tout était fini et que j'étais à demi consciente que j'ai allumé : même grandeur, même carrure, même parfum. Je savais que c'était lui.

L'adolescente marquait souvent des pauses, écœurée par les souvenirs qu'elle devait faire remonter. Je restais silencieux. Le silence est une forme d'empathie quand il est utilisé de la bonne façon. Il peut aussi être source de provocation ou de résilience. Bref, le silence est un art que je maîtrise, humblement.

R : J'avais tellement mal, j'arrivais à peine à respirer, étouffée par la terre que j'avalais. J'ai senti des coups de pied dans mon dos. Rendu là, je n'osais plus bouger, je me disais que si je faisais la morte, il allait me lâcher.

Il y a eu une longue pause pendant laquelle j'ai gardé mes yeux rivés sur la tablette sur laquelle je prenais des notes.

R : Il a relevé ma jupe, enlevé ma culotte...

Pendant cette déposition, je serrais les dents si fort que j'en avais mal à la tête. Évidemment, on ne s'habitue jamais à ce genre de récit, mais disons qu'au début de ma carrière, je me laissais plus facilement atteindre.

R : Pis il m'a donné des coups dans l'entrejambe, plein de coups. Ça faisait tellement mal que je pensais m'évanouir, pis j'ai senti de quoi me cogner la tête. Après ça, je ne me souviens plus de rien. Je crois que je me suis évanouie.

Q : Tu disais tout à l'heure avoir crié. Tu te souviens l'avoir fait plusieurs fois avant de t'évanouir ?

R : Oui, à en perdre la voix.

L'adolescente m'a répondu en se prenant la gorge à une main avant de se mettre à pleurer. C'est sa mère qui m'a expliqué que l'attaque avait été si intense et les blessures à ses parties génitales étaient si importantes que Charlène ne savait même pas si elle avait été violée ou non pendant qu'elle était inconsciente. J'ai tenté de rassurer la mère et la fille en leur disant que l'examen médical révélait que non, mais à ce stade, la jeune femme ne voyait dans ce détail aucun soulagement. Alors que moi, ça m'aidait à dresser le portrait psychologique de l'agresseur et à trouver un motif.

Q : Revenons à Pierre-Paul. Tu l'as reconnu grâce à son parfum ?

R : Oui. Il n'y a que lui qui sent autant le parfum à l'école. Et sa silhouette ; j'ai réussi à reconnaître son corps avec les quelques coups d'œil que j'ai pu jeter dans sa direction.

Q : Est-ce qu'il a parlé ?

R : Non ! Juste des respirations dégueulasses.

Q : Et pourquoi crois-tu que Pierre-Paul a voulu te faire du mal hier ?

R : Je sais pas. Pour se venger, peut-être. À cause de moi, Anaïs l'aime pus, et depuis qu'elle l'aime pus, elle dit à tout le monde que c'est un connard pervers qui l'a forcée à coucher avec. Si je lui avais pas dit qu'il m'avait embrassée, rien de ça serait arrivé.

Après avoir tout noté de ce long entretien pénible émotionnellement, j'ai demandé à Charlène de ne joindre personne d'autre avant que je fasse mon enquête. J'ai noté les coordonnées de Pierre-Paul Gauthier dans le but de demander un mandat de perquisition et d'arrestation.

Avant de quitter l'hôpital, j'ai également discuté avec le médecin qui a soigné Charlène. Ce dernier m'a affirmé qu'aucune trace de sperme n'avait été retrouvée sur la victime et que l'ensemble des blessures se trouvaient principalement sur les fesses, les parties génitales et la tête.

Avec l'accord de Charlène, j'ai demandé qu'une collègue inspecte son corps à la recherche de cheveux, de poils étrangers ou de particules de peau logées sous ses ongles, par exemple. Ce processus lourd pour la victime m'aiderait, je l'espérais, à prouver hors de tout doute que Pierre-Paul était coupable.

PARTIE 3

RENCONTRE AVEC ANAÏS

Nom: Anaïs Phomsouvanh
Genre: Féminin
Sexe: Féminin
Âge: 16 ans

Je l'ai déjà dit : une victime peut parfois avoir l'esprit embrouillé en raison de l'état de choc causé par un événement traumatisant. C'est pourquoi, en attendant le mandat pour pouvoir arrêter Pierre-Paul, il m'a paru judicieux de m'entretenir avec Anaïs Phomsouvanh afin d'avoir sa version des faits. Non seulement elle est la dernière personne à avoir vu Charlène avant l'agression, mais en plus, elle se trouvait sur les lieux presque au même moment.

L'adolescente a été surprise de me voir en ouvrant la porte. Qui ne le serait pas ? Même ma propre mère s'étonne à chacune de mes visites. Je suis entré, je me suis présenté.

Q : Bonjour, tu es Anaïs ?

R : Oui, c'est moi.

Q : Je suis le sergent-enquêteur Serg Barkley. Il est arrivé quelque chose à ton amie Charlène hier soir dans le parc, et j'aimerais te poser quelques questions. Est-ce que je peux entrer ?

R : Oui, bien sûr. Qu'est-ce qui est arrivé à Charlène ?

Je me suis assis à la table de la cuisine avec Anaïs avant de lui annoncer que son amie s'était fait agresser la veille dans le parc du bois de Saraguay. Elle a semblé choquée et bouleversée. Sa première question a été de demander si Charlène allait bien. Je lui ai dit qu'elle se remettait tranquillement de ses blessures. Puis elle a demandé si je savais qui avait commis ce geste. Je lui ai précisé que la raison de ma visite était justement de tenter de le découvrir.

R : Je sais rien, moi. Je peux pas vraiment vous aider.

Q : J'aimerais que tu me décrives tout ce qui s'est passé au parc hier soir, juste avant que

tu quittes les lieux. Je voudrais aussi que tu me racontes ton retour chez toi. Essaie de te rappeler si tu as croisé quelqu'un ou entendu quelque chose.

Anaïs a pris un moment avant de me répondre.

R : Je sais pas trop... J'ai croisé personne et j'ai rien entendu. Je comprends pas comment ça a pu arriver. Je passe dans ce parc vraiment souvent.

Q : Il était quelle heure quand tu es rentrée chez toi ?

R : Je sais plus, j'ai pas regardé. Autour de vingt et une heures, j'imagine. J'aurais tellement pas dû laisser Charlène seule dans le parc. Je m'en veux ! Si j'étais restée avec elle, ça ne serait pas arrivé.

Visiblement ébranlée, Anaïs a plongé son visage dans ses mains. J'ai tenté de la rassurer en lui rappelant qu'elle ne pouvait pas savoir que les choses tourneraient ainsi. Puis j'ai repris mes questions.

Q : Refaisons la scène ensemble. À quel moment as-tu décidé de partir du parc ?

Anaïs m'a raconté exactement la même histoire que Charlène, c'est-à-dire qu'elle voulait rentrer et que, comme les deux filles n'habitent pas du même côté du boisé, elles sont parties dans deux directions opposées. Après s'être livrée à moi, l'adolescente m'a demandé si Charlène avait vu qui avait bien pu faire ça. Je lui ai répondu que non, car la personne qui l'a attaquée était masquée. Elle a renchéri avec ce qui m'a paru comme de la déception dans la voix.

R : Alors, elle n'a aucune idée de qui ça peut être ?

Q : Pour le moment, non. Peut-être que ses souvenirs reviendront peu à peu. Elle est en état de choc, ce qui pourrait affecter sa mémoire. Et toi ? Est-ce que tu soupçonnes quelqu'un ?

R : ... Non ! Ça a aucun sens. Quand j'y pense... Ça aurait pu être moi ! La fille qui se fait agresser, je veux dire. J'aurais pu être à la place de Charlène !

Elle s'est mise à pleurer.

Q : Tant que nous n'avons pas trouvé le coupable, je te conseille effectivement d'éviter de te promener dans le parc seule le soir.

R : Comment allez-vous faire pour trouver qui a fait ça si Charlène a pas vu la personne ? Ça peut être n'importe qui ! Un de ses fans bizarres, ou même quelqu'un qu'on connaît... C'est paniquant d'y penser.

Q : Qu'est-ce que tu veux dire par « fans bizarres » ?

R : Elle vous l'a pas dit ? Charlène a plein d'admirateurs et d'admiratrices. Des gens un peu tordus qui lui envoient des messages super intenses.

Q : Quel genre de messages ?

R : Ils lui disent qu'ils l'aiment, qu'ils l'admirent et la trouvent belle.

Q : Et tu trouves ça tordu ?

R : Ben... Vous le savez. Charlène est... Vous le savez pas ?

Q : Je ne sais pas quoi ?

R : Qu'elle n'est pas une vraie fille... Pis je sais pas trop, le monde s'intéresse à ça. Faut être dérangé, quand même.

Q : Il faut être dérangé pour aimer et admirer une personne trans ? Pourquoi ça ?

R : Ben là... quand même... Je veux dire, ils s'intéressent à elle sexuellement... alors qu'elle est juste une ado ! C'est ça que je veux dire. Charlène attire du monde qui s'intéresse à elle de manière sexuelle.

Q : **Tu veux dire que certaines personnes sont des adultes qui sexualisent Charlène alors qu'elle est mineure ?**

R : Oui, c'est ça que je dis.

Q : **J'aimerais que tu repenses à la soirée d'hier. Aux commentaires reçus pendant le *live* et les instants d'après. Peu importe le détail que tu te rappelles, aussi banal soit-il, ça peut m'aider à identifier le coupable.**

Anaïs a fermé les yeux. J'ai senti qu'elle plongeait au plus profond de sa mémoire pour tenter de trouver le souvenir d'un détail enfoui. Puis elle a murmuré quelque chose tout doucement.

R : Le parfum.

Q : **Le parfum ?**

R : Sur le chemin du retour, je me souviens d'avoir senti une odeur de parfum.

Q : **Quel genre de parfum ?**

Vous vous demandez peut-être pourquoi je n'ai pas, à ce moment-là, informé Anaïs que Charlène avait elle aussi senti le parfum de son agresseur ? C'est que vous ne connaissez rien à la psychologie humaine. Il est facile de modifier les souvenirs chez quelqu'un. Mieux vaut en dire le moins possible quand on cherche à connaître la vérité.

R : Une odeur d'homme.

Q : Saurais-tu la reconnaître si on te faisait sentir plusieurs parfums, par exemple ?

R : Je pense que oui.

Je ne sais jamais où peut m'amener une enquête. Il m'arrive de finir dans de sinistres sous-sols de bars ou dans la section de la parfumerie à la pharmacie. Et elle est bien là, la beauté de mon métier.

La résidence d'Anaïs est située à quelques mètres d'une pharmacie ; c'est elle qui a eu l'idée de nous y rendre à pied. Le temps passé en sa compagnie m'a permis de connaître un peu plus cette jeune femme forte et déterminée. Elle marchait d'un pas décidé, les épaules droites. Elle parlait avec assurance et fluidité, et paraissait résolue à m'aider.

Après avoir senti quelques parfums, l'adolescente s'est arrêtée sur un des Hugo Boss en m'assurant que c'était cette odeur qu'elle avait sentie dans le parc. J'ai acheté une bouteille du parfum en question et j'ai demandé à Anaïs si elle connaissait une personne de son entourage et de celui de Charlène qui portait ce parfum.

R : Oui…

Q : Est-ce que tu peux me donner son nom ?

R : Pierre-Paul... Mon ex.

Elle a marqué une pause puis m'a demandé si je pensais que c'était lui l'agresseur.

Q : Je ne le connais pas. Mais toi, c'est ton ex. Alors crois-tu qu'il aurait des raisons de s'en prendre à Charlène ?

L'adolescente a haussé les épaules, muette. Tentait-elle de couvrir son ex-petit ami ? Après un long silence que je n'ai pas cherché à briser, elle a fini par dire :

R : Ça se peut.

Q : Qu'est-ce qui te fait croire ça ?

R : Je sais pas... J'ai toujours senti qu'il y avait quelque chose de tordu en lui.

Q : Pourquoi ne pas me l'avoir dit plus tôt ? Ça me semble étrange que tu n'aies pas reconnu le parfum de ton ex hier soir ni tout à l'heure en le sentant à la pharmacie.

Elle a bafouillé. Je m'en suis voulu d'avoir été si direct. Après tout, ce n'était qu'une jeune adolescente qui tentait simplement de m'aider.

Q : **Ce n'est pas un reproche, tu sais. Mais tu dois savoir que si tu couvres un ami qui a commis un crime, tu peux te retrouver avec de gros ennuis, toi aussi.**

R : **Je ne savais pas… Vous avez raison, j'ai eu peur pour Pierre-Paul. Mais si c'est lui le coupable, je ne veux pas le protéger. Au contraire, il doit assumer ce qu'il a fait et être jugé. Il m'a déjà forcée à coucher avec lui, pis ça m'a blessée. Je sais qu'il peut être insistant, mais jamais je pensais qu'il irait aussi loin qu'agresser quelqu'un le soir dans un parc. Charlène l'a fait chier en le traitant d'infidèle, mais il me semble que c'est *rough* comme réaction… Je veux plus qu'il fasse de mal à personne.**

J'ai remercié Anaïs pour son témoignage. Je lui ai proposé de la raccompagner, mais elle a refusé. Avant de lui laisser ma carte et de partir, je lui ai précisé que si d'autres souvenirs qui pouvaient m'aider dans cette enquête lui revenaient, elle ne devait pas hésiter à me joindre.

Je suis retourné à l'hôpital afin de faire sentir à Charlène le parfum identifié par Anaïs. Sans grande surprise, la victime a immédiatement reconnu l'odeur. C'était ce parfum qu'elle avait senti si fortement pendant l'attaque, le même que porte Pierre-Paul, selon elle et selon Anaïs.

J'étais maintenant convaincu qu'on m'accorderait au minimum un mandat de perquisition pour aller chez Pierre-Paul Gauthier afin de chercher des preuves. Dans l'idéal, j'obtiendrais aussi un mandat d'arrêt pour l'emmener au poste et l'interroger.

PARTIE 4

VISITE CHEZ PIERRE-PAUL

La peur et l'inquiétude se lisent toujours systématiquement dans le regard des parents devant lesquels je me présente lorsque, accompagné de quatre agents en uniforme, je demande à voir leur enfant et à fouiller leur maison. La famille Gauthier n'a pas fait exception. Après être entré dans cette grande résidence au décor impersonnel, m'être présenté et avoir humé au passage l'odeur prononcée du parfum de Pierre-Paul, je suis passé directement au vif du sujet, espérant mettre fin le plus rapidement possible à leur torture. Et aussi parce que je suis nul en matière de préambules.

Il y a plusieurs façons d'aborder un suspect, mais à mon avis, la meilleure restera toujours la formule « droit au but ».

Q : Pierre-Paul Gauthier, tu es en état d'arrestation pour l'agression de Charlène Pettigrew. Tu as le droit de garder le silence. Tout ce que tu diras pourra être retenu contre toi. Tu as le droit à un avocat, mais si tes parents et toi n'êtes pas en mesure d'en payer

un, on t'en assignera un d'office. Un de tes parents peut t'accompagner au poste.

Je vous épargne la scène émotive qui a suivi. C'est le père du gamin qui a décidé de venir avec lui, escorté par deux des agents. Une fois la scène dramatique terminée, j'ai expliqué à la mère que j'avais également un mandat de perquisition, et j'ai demandé à voir la chambre de Pierre-Paul, ainsi que d'autres endroits communs tels que la salle de bain et la salle de lavage.

Nous cherchions des preuves comme des vêtements tachés de sang, des gants, une cagoule et, bien sûr, la fameuse fiole de parfum. Seul le dernier item a été retrouvé dans la chambre de l'adolescent; il s'agissait bien du même parfum identifié par Charlène et Anaïs. Nous avons tout de même perquisitionné les lieux et nous nous sommes emparés des chaussures et des vêtements sombres du gamin afin de les faire analyser, puisque l'agresseur était vêtu de noir au moment des faits.

Cette preuve était pour le moment insuffisante pour traverser un procès. Je misais donc sur l'interrogatoire et, idéalement, sur un aveu pour prouver hors de tout doute que Pierre-Paul Gauthier était bel et bien notre coupable.

PARTIE 5

INTERROGATOIRE DE PIERRE-PAUL GAUTHIER

Nom: Pierre-Paul Gauthier
Genre: Masculin
Sexe: Masculin
Âge: 17 ans

Je suis entré dans la salle d'interrogatoire où se trouvaient le père et le fils. Les hommes avaient refusé la présence d'un avocat, mais Pierre-Paul avait demandé à ce que son père soit présent. C'était dans ses droits.

J'ai commencé l'interrogatoire sans plus tarder.

Q : Peux-tu me dire où tu étais hier soir entre dix-neuf heures et vingt-deux heures ?

Sans surprise, l'adolescent a lancé un regard à son père, l'air de dire : « Qu'est-ce que je dois répondre ? » Et comme dans la plupart des cas du genre, l'adulte a fourni la réponse à la place de son fils.

R : Il était à la maison, avec nous. Pourquoi ?

L'humain est parfois si prévisible que ça me donne le goût de rire. Et ce n'est pas peu dire, parce que rigoler est loin d'être mon sport préféré. Je préfère le hockey.

Q : Monsieur Gauthier, vous devez laisser votre fils répondre.

L'homme a regardé son enfant. Il semblait inquiet ; qui ne le serait pas ?

Q : Je répète ma question : où étais-tu hier soir entre dix-neuf heures et vingt-deux heures ?

R : J'étais chez nous avec mes parents.

Q : Peux-tu me décrire ta soirée ?

Je le sentais nerveux. Était-ce mon titre qui l'intimidait, le fait d'être au poste ou la présence d'une caméra ? Ou bien avait-il quelque chose à se reprocher ? Il faut dire que cette journée-là, je portais mon habit fraîchement sorti de chez le nettoyeur. Un costume bien pressé impose le respect. Enfin, c'est ce que j'ai lu.

R : À dix-neuf heures, on venait juste de terminer de manger. J'ai aidé mes parents à débarrasser la table et à ranger la cuisine, puis je suis allé dans ma chambre. J'ai niaisé sur mon cell jusqu'à vingt-deux heures, je pense.

Le père a levé le doigt afin de confirmer ce que son fils disait ; il a ajouté que sa conjointe était allée se coucher à vingt-deux heures et que Pierre-Paul était venu regarder le match de foot avec lui.

R : C'est ça. Ma mère est allée se coucher à vingt-deux heures et j'ai regardé le match avec mon père. Puis après, je suis allé me coucher moi aussi.

Q : Qui a joué hier soir ?

R : Montréal et Orlando. Pourquoi ?

Non, je ne m'intéresse pas particulièrement au foot ; je viens de le mentionner, je préfère le hockey. Je cherchais plutôt à vérifier par des informations banales si le garçon me disait la vérité ou non. L'observation du non-verbal reste un moyen efficace, quoiqu'imprécis, au même titre que l'intuition, pour déceler un mensonge. Je dois avouer qu'à ce moment-là, je n'étais pas du tout convaincu par l'alibi de Pierre-Paul, puisque j'avais observé, lors de la perquisition, que la chambre de l'adolescent était située au rez-de-chaussée et qu'il y avait une fenêtre par laquelle il serait facile pour le gamin d'aller et venir sans que ses parents s'en rendent compte.

Q : Qu'as-tu fait en « niaisant sur ton cell » de dix-neuf heures à vingt-deux heures ?

R : Pas grand-chose, j'ai regardé TikTok.

Q : As-tu regardé le *live* de Charlène ?

R : Euh... Oui. Pis je comprends pas pourquoi vous pensez que c'est moi qui l'a agressée. J'étais chez nous toute la soirée... Pis elle, elle était avec Anaïs pendant le *live*. Vous lui avez parlé, à Anaïs ?

Q : Tu connais Anaïs ?

R : Oui ! C'est mon ex.

Q : Et Charlène ?

R : Charlène, c'est la fille la plus populaire de l'école. Tout le monde la connaît à cause de son compte TikTok. Des fois, on va dans les mêmes partys. On a des amis en commun.

Q : Comme Anaïs ?

R : Non, Anaïs, c'est pas mon amie, c'est mon ex. Pis on se parle plus, sauf pour s'engueuler. On se déteste. Je vais même plus dans les soirées si elle est là, je me tiens loin d'elle.

Q : Pourquoi ?

R : Parce qu'elle s'amuse à me salir et j'essaie d'éviter les confrontations.

Q : En parlant de party, il m'a été rapporté que Charlène et toi aviez eu des rapprochements il n'y a pas si longtemps, c'est exact ?

R : Des rapprochements ? Je dirais pas ça de même.

Q : Comment le dirais-tu ?

R : Bah... On a un peu déconné. Elle m'a dit qu'Anaïs la faisait chier parce qu'elle essayait de lui voler des abonnés en commentant toutes ses vidéos pour inviter le monde à venir s'abonner à sa chaîne à elle. Pis moi, j'ai avoué à Charlène que je pensais laisser Anaïs parce qu'elle était trop intense pis qu'elle me faisait des scènes de jalousie pour rien. J'avais bu, j'étais chaud, pis...

Q : Pis ?

R : On s'est donné un bec, genre.

Q : Donné un bec ou embrassé ?

R : Les deux, là. Je l'ai embrassée en disant que là, au moins, Anaïs aurait raison d'être jalouse.

Q : Charlène était consentante ?

R : Ben là ! Elle riait, pis moi aussi. Fuck, je l'ai pas violée, là ! Voyons.

Le garçon était mal à l'aise et lançait des regards nerveux à son père.

Q : Et Charlène a tout raconté à Anaïs, alors que tu lui avais demandé de ne pas le faire, c'est exact ?

R : Oui, mais je m'en fous. Je voulais quitter Anaïs anyway.

Q : Donc, Charlène tente de détruire ta réputation en avouant à ta blonde que tu la trompes, et tu t'en fous ?

R : Ben oui !

Lors de ma visite au domicile des Gauthier, j'ai pris soin de faire le tour du terrain, principalement pour regarder la fenêtre de la chambre de Pierre-Paul de l'extérieur et ainsi vérifier que ce serait un jeu d'enfant d'y entrer et d'en sortir. Malheureusement, le sol parsemé de petits cailloux ne m'a pas permis de voir si quelqu'un avait sauté de la fenêtre dernièrement. Dommage, ça m'aurait facilité la tâche. Mais force est d'admettre que le hasard n'est pas toujours de mon côté. C'est pourquoi j'ai poursuivi mon interrogatoire.

Q : Est-ce qu'il y a une façon de me prouver qu'hier soir, tu n'es pas sorti par la fenêtre de ta chambre entre dix-neuf heures et vingt-deux heures pour ensuite revenir à la maison par le même chemin ?

R : Sorti par la fenêtre ?

Le jeune homme a regardé son père, qui a soutenu son regard jusqu'à ce que le fils finisse par enchaîner.

R : Ben, mon père va vous le dire...

Q : Comment ton père peut-il savoir que tu étais bel et bien dans ta chambre ?

R : La porte était ouverte.

Q : Donc, tu affirmes que la porte de ta chambre est restée ouverte toute la soirée ?

R : C'est ça.

J'ai terminé cet interrogatoire sans être entièrement convaincu que le garçon devant moi était notre coupable, ni persuadé de son innocence non plus. J'avais peut-être affaire à un fin manipulateur qui jouait l'innocent. Peut-être même que j'étais confronté à un père complice qui couvrait son fils. Pourquoi pas ? Il me fallait plus d'informations.

J'étais en train de réfléchir à l'idée d'interroger le père seul à seul, quand j'ai reçu un appel qui allait renverser la situation de façon insoupçonnée.

PARTIE 6

LE MESSAGE

J'ai laissé le père et le fils partir et je me suis rendu à l'hôpital en maugréant. Charlène disait s'être trompée, elle avait maintenant le nom du vrai coupable. J'étais confus et irrité d'avoir perdu mon temps avec Gauthier et gêné de m'être laissé mener sur une fausse piste.

Je n'avais pas fait deux pas dans sa chambre que l'adolescente me lançait un nom d'une voix tremblante.

R : C'est Charles Marseille, mon agresseur.

Q : Qui est Charles Marseille ?

R : Un de mes *followers*, pas mal trop intense. Il m'écrit tout le temps. Je pense que c'est lui qui était dans le parc hier soir.

Elle m'a tendu son téléphone pour que je puisse voir les messages que l'homme lui avait envoyés la veille. Le nombre de fautes était si important que j'ai dû relire le tout deux fois pour bien comprendre.

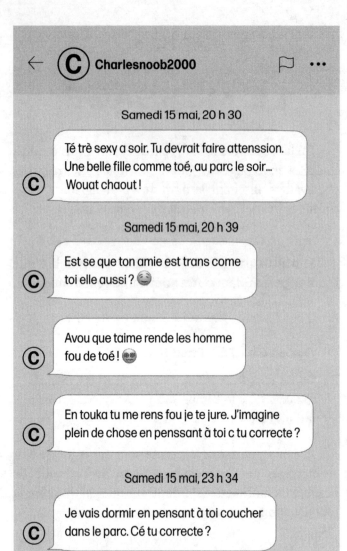

Q : Ces messages datent d'hier, tu ne les avais pas vus ?

R : Non ! Je regarde pas tous mes messages, j'en reçois trop. Je me sens mal d'avoir accusé Pierre-Paul.

Il est vrai que je maugréais intérieurement, mais les fausses pistes font aussi partie du métier. Ce sont des choses qui arrivent.

Q : Ne t'en fais pas avec ça. Je vais d'abord aller rencontrer ce gars. Comment tu sais qu'il s'appelle Charles Marseille ? Ici, c'est écrit : Charlesnoob2000.

R : Je le sais parce qu'il m'écrit aussi sur Instagram et qu'il a écrit son vrai nom sur ce compte-là. Je pense qu'il habite à Montréal, il l'a déjà dit dans un mes *lives*. C'est un gars intense, il commente tout ce que je fais.

À la lumière de cette nouvelle information, ma priorité était maintenant de trouver l'adresse de cet homme et de me pointer chez lui sans invitation, comme je sais si bien le faire. De toute façon, je savais que je n'obtiendrais pas un autre mandat d'arrestation… Et je l'avoue : j'avais fait une erreur en agissant trop vite. À ce point-là de l'enquête, mon orgueil était piqué. J'espérais que l'homme accepterait de me suivre au poste pour que je puisse l'interroger. S'il refusait, je me soumettrais à l'humiliation de demander un autre mandat.

PARTIE 7
RENCONTRE AVEC CHARLES MARSEILLE

Nom: Charles Marseille
Genre: Masculin
Sexe: Masculin
Âge: 23 ans
Occupation: Aide-boulanger

Je me suis rendu au domicile de monsieur Marseille en espérant trouver le coupable et ainsi retirer un prédateur des rues de Montréal. Selon son dossier, l'homme avait déjà fait l'objet de plaintes pour cyberharcèlement sexuel, ce qui collait avec le profil d'un agresseur.

C'est un grand individu d'au moins six pieds, mince et cerné, qui m'a ouvert la porte de son appartement. Il a accepté de me laisser entrer sans protester. J'ai lancé la conversation tout bonnement.

Q : Est-ce que vous avez une idée de la raison qui m'amène ici aujourd'hui ?

Pourquoi j'ai posé cette question ? Je l'ai déjà mentionné : il arrive que des personnes s'inculpent elles-mêmes avant que j'aie pu dire un mot. Et j'avoue que chaque fois que ça se produit, c'est jubilatoire. Maintenant, je ne vous le répéterai plus.

R : Vous avez eu une plainte ?

Bingo ! J'avais devant moi un être visiblement doté d'une intelligence moyenne, mené par ses désirs sexuels, qui ne ferait pas le poids devant un système de justice beaucoup trop perspicace pour lui.

Q : Effectivement, nous avons eu une plainte pour agression. Accepterais-tu de venir au poste pour que je te pose des questions ?

L'homme a paru déçu, voire irrité.

R : Je comprends pas pourquoi elles nous demandent de commenter, mais elles veulent pas qu'on leur parle. C'est comme des pêcheurs qui attrapent des poissons pour les relâcher. C'est méchant. C'est très méchant.

Puis, il a pris son manteau et a accepté de me suivre. Était-il réellement en train de banaliser le harcèlement à ce point ? Sa façon de s'exprimer, de bouger et de me regarder m'a poussé à me questionner ; j'avais probablement devant moi un individu avec une déficience intellectuelle. Ça allait sans doute me compliquer les choses...

J'ai tout de même suivi mon plan et j'ai emmené l'homme au poste, où il allait devoir s'expliquer.

Q : Où étais-tu hier soir entre vingt heures et vingt-deux heures ?

R : Chez nous.

Q : Tu n'es pas sorti ?

R : Non. J'ai écouté des *lives* toute la soirée sur TikTok.

Q : Les *lives* de quels utilisateurs ? Peux-tu m'en nommer ?

R : Plein de monde. Le vendredi soir, il y a toujours beaucoup de gens en ligne, c'est amusant. Mais je ne me souviens plus qui j'ai regardé.

Q : Connais-tu Charlène ?

R : La fille trans sur TikTok ? Oui, j'suis abonné.

Évidemment, je me suis gardé de lui préciser qu'il n'y a pas qu'une femme trans sur TikTok, question de ne pas détourner le sujet.

R : C'est elle qui a fait la plainte ?

Q : Oui. Elle a été agressée hier soir dans le parc du bois de Saraguay, tout de suite après son *live*. Et elle croit que c'est toi qui l'as fait.

R : Oh ! Non. C'est pas moi.

Q : C'est toi qui as écrit ces messages ?

Je lui ai montré la capture d'écran du cellulaire de Charlène sur mon iPad.

R : Oui, c'est moi, ça, Charlesnoob2000.

Q : En lisant ces messages, elle a compris que c'était toi qui étais avec elle hier soir dans le parc.

R : Mais non, j'étais chez nous hier, j'étais pas dans le parc avec personne.

Q : Est-ce que tu sais ce que c'est, une agression ?

R : Oui. Mais moi, je fais pas ça, des agressions.

Q : Pourquoi lui as-tu écrit : « Je vais dormir en pensant à toi couchée dans le parc. C'est-tu correct » ?

R : J'aime ça écrire des beaux messages aux gens que j'aime. En plus, Charlène et son amie sont super belles. Elles ont montré leurs sous-vêtements pendant le *live*, vous savez ! Les petites coquines... Charlène avait une culotte rouge et une brassière noire, et l'autre, une brassière bleue assortie à sa culotte. Moi, j'envoie des messages à ceux qui font des choses que j'aime, comme montrer sa petite culotte. Ça, j'aime ça, c'est-tu correct ?

Q : Si je comprends bien, tu as envoyé des messages à d'autres personnes hier ?

R : Pas hier, mais d'autres jours.

J'ai évidemment demandé à Charles Marseille de me montrer lesdites conversations, pour la plupart avec d'autres hommes cisgenres et quelques-unes avec des femmes affichées publiquement comme trans. Des mots vulgaires, des allusions sexuelles déplacées... Tout y était pour me convaincre que cet homme était un obsédé sexuel.

Q : Est-ce qu'une personne pourrait confirmer que tu étais bien chez toi hier soir entre vingt heures et vingt-deux heures ?

L'homme a réfléchi et m'a dit :

R : Popinette et Manus.

Q : Popinette et Manus ?

R : Mes amis avec qui j'ai *chatté*.

Q : On peut *chatter* tout en n'étant pas à notre domicile.

R : Pas moi. Je fais pas ça.

Monsieur Marseille jouait-il un rôle de simple d'esprit pour me tromper ? S'il était notre coupable, une évaluation psychologique allait forcément être demandée.

Q : Habites-tu seul ?

R : Non. Je reste avec mon frère.

Q : Où est-il en ce moment ?

R : Il est parti travailler. Il est infirmier. Il est à l'hôpital de quatre à minuit.

Q : Travaillait-il hier soir ?

R : Oui. Il travaille beaucoup, c'est un infirmier.

J'ai pincé les lèvres en me disant que ce pauvre homme ne serait pas heureux quand je l'appellerais le lendemain pour lui poser des questions sur son frangin.

Q : Peux-tu me donner le numéro de téléphone de ton frère ?

R : Pourquoi ?

Q : J'aimerais lui parler.

R : Il travaille. On ne peut pas l'appeler quand il travaille, sauf si c'est une urgence.

Q : C'est une urgence.

L'homme m'a donné le numéro de téléphone de son frère. Quant à moi, j'avais une autre question à lui poser.

Q : Dis-moi, Charles, est-ce que tu te parfumes ?

R : Non, le parfum, c'est cancérigène.

Q : Est-ce que ton frère se parfume ?

R : Des fois, il sent bon. Mais le parfum, c'est cancérigène.

Mon téléphone a alors vibré, je venais de recevoir un message texte. C'était la mère de Charlène qui m'informait que je devais la rappeler immédiatement.

J'ai rapidement mis fin provisoirement à la conversation avec monsieur Marseille pour contacter la famille Pettigrew et demander plus de détails à propos de l'urgence. Avaient-ils pensé à quelque chose de béton pour inculper Charles ?

PARTIE 8

LE VOISIN

Je me souviendrai toujours de cet appel. La mère de Charlène m'a dit, au téléphone :

— C'est Will, notre voisin.

J'ai cessé de cligner des yeux en tentant de garder mon calme. Était-elle sérieusement en train de me donner le nom d'un troisième suspect ? Vous comprenez maintenant pourquoi je vous disais qu'il n'est pas plus facile de résoudre une enquête quand notre victime est encore vivante et qu'elle a spontanément un coupable à identifier...

J'ai respiré par le nez et j'ai répété :

— Votre voisin ?

— Oui ! William Silva, un ancien ami de Charlène. Les deux vont à la même école.

Je me suis retenu à deux mains pour ne pas me cogner la tête contre le mur. J'avais l'impression de jouer dans un mauvais film policier. Je me revoyais galérer sur de fausses pistes et j'avais honte de moi. Le voisin ! Je n'en revenais pas... D'où sortait-il, celui-là ? Comment

Charlène et sa mère savaient-elles que c'était lui ? Est-ce que les souvenirs de Charlène avaient soudainement refait surface ? Après m'être fait diriger vers deux fausses pistes, je me sentais moins enthousiaste devant ce qui leur semblait (encore) être une évidence.

J'ai dit à la mère que je la rappellerais dans quelques minutes. J'ai mis un terme à mon entretien avec Charles. J'ai changé de pièce et j'ai recomposé rapidement le numéro de mon dernier appel.

En demandant qu'on m'explique ce revirement de situation, j'étais loin de me douter à quel point la suite allait être déroutante. Car oui, à cette époque, il m'arrivait d'être ébranlé. La mère de Charlène m'a raconté qu'elle était amie avec la voisine, une mère comme elle, d'environ son âge. Cette dernière l'a contactée en panique pour lui annoncer que son fils avait été retrouvé sans vie dans sa chambre. Il avait laissé une lettre dans laquelle il expliquait la raison de son geste. Dans sa lettre, il parlait de Charlène.

Afin que vous puissiez vous faire une tête et parce qu'il s'agit d'une pièce à conviction importante dans le dossier, je vous laisse prendre connaissance du message en question.

Cette lettre n'effacera jamais ce que j'ai fait. Je regrette mes gestes du plus profond de mon cœur. Tout ce que j'ai fait, je l'ai fait par amour. Je savais que c'était mal, mais je n'ai pas été capable de dire non parce que j'étais aveuglé par l'amour. Je le regrette, je ne pensais pas que ça irait aussi loin. Je ne voulais pas qu'elle meure, je voulais juste impressionner, avoir l'air tough. Je suis le pire des cons, j'aurais dû tout arrêter. Je ne me le pardonnerai jamais. Et même mort, je m'en voudrai encore. Je ne mérite pas d'amour, je ne mérite pas de pardon, je ne mérite pas de vivre. Je ne suis pas le fils qu'on veut et je suis le pire ami que l'on puisse avoir. Je vous libère de moi. Vous pouvez tous vivre plus heureux maintenant que je ne suis plus là.

Will

J'étais sous le choc en entendant la mère me lire cette lettre, la voix tremblante, au téléphone. Ce gamin s'était enlevé la vie parce qu'il croyait avoir tué Charlène. Comment pouvait-il avoir fait autant de mal à la personne qu'il aimait ? Et comment avait-il pu la laisser seule dans le bois en la pensant morte ? J'avais donc affaire à un crime passionnel ?

La femme m'a ensuite expliqué que William était le meilleur ami d'enfance de sa fille et qu'à l'époque, ils jouaient toujours ensemble. Mais depuis le début de la transition de Charlène en secondaire deux, William s'était un peu éloigné d'elle. Jamais Charlène n'aurait pu croire que son voisin était amoureux d'elle. Même qu'au contraire, elle avait toujours senti un grand malaise chez le jeune homme en raison de sa transition, ce qui avait d'ailleurs jeté un froid dans la relation quasi fusionnelle qu'ils entretenaient quand elle s'affichait avec un genre masculin.

Alors que je prenais conscience de la douleur des protagonistes, il m'était impossible de me réjouir que cette enquête soit bientôt close. Évidemment, je n'allais pas m'en tenir seulement à cette lettre pour fermer le dossier. Je devais vérifier si toutes les informations concordaient, et surtout, je devais m'assurer que la mort de William était bel et bien un geste volontaire et non pas un meurtre déguisé en suicide dans le but de faire porter le chapeau à un innocent. Quoi ? Vous n'y aviez pas pensé ? Le monde dans lequel on vit n'a rien en commun avec les contes de fées, vous savez ! Dans une enquête, rien ne doit être considéré d'emblée comme une évidence.

J'étais encore au poste en train de me demander comment j'avais bien pu faire autant fausse route depuis le début, quand j'ai reçu l'appel des agents de terrain qui inspectaient le parc. Ce qu'ils avaient à me dire allait me donner une partie de la réponse à ma question. Car oui, cette enquête subirait, une fois de plus, un revirement de situation qui me ramènerait tout près de la case départ, comme un débutant. En fait, à l'époque, je ne l'aurais pas avoué, mais j'étais un débutant.

Êtes-vous prêt pour le coup de théâtre ? Je dis « théâtre », mais je ne devrais pas, car mon travail n'a rien à voir avec la fiction, bien au contraire.

PARTIE 9

UN PAS EN ARRIÈRE

Ce que mes collègues avaient trouvé dans le parc donnait une version bien différente de l'histoire. L'inspection des lieux dévoilait des faits que même Charlène n'avait ni envisagés ni compris. En étudiant le sol, ils ont découvert une partie de la vérité, une vérité qui était jusque-là bien dissimulée et qui allait tout changer.

En plus de celles de la victime, deux paires d'empreintes de souliers différentes ont été identifiées sur la scène de crime. Un détail qui n'était pas immédiatement apparu, puisque les deux schémas d'empreintes étaient quasi identiques, à un centimètre près. Les agresseurs portaient tous les deux la même marque de chaussures populaires et faciles à identifier par les traces qu'elles laissent : des Converse. Mais de pointures différentes : une paire de neuf et une de huit. Il y avait donc à peine un centimètre d'écart entre les deux mesures.

Oui, vous avez bien lu : ils étaient deux ! Je me disais que la scène avait dû être d'une extrême violence pour que Charlène ne soit pas en mesure de réaliser que deux personnes la brutalisaient en même temps. J'imaginais la jeune fille, le visage écrasé au sol en train de vivre un enfer, et j'en avais mal en dedans.

Entre-temps, je recevais la confirmation que la mort de William était bel et bien un suicide et que la marque et la pointure de ses souliers concordaient avec l'une des empreintes relevées. Il chaussait du neuf, ce qui signifiait qu'on cherchait quelqu'un qui portait des souliers de pointure huit. Je rageais. Il était hors de question que ce garçon emporte avec lui la vérité à propos de la personne qui l'avait accompagné dans son crime.

Heureusement, l'étau se resserrait. Je cherchais maintenant un individu qui connaissait William Silva et qui portait des Converse de pointure huit. Mon premier réflexe a été de me demander si Pierre-Paul ne pouvait pas être cette personne. Après tout, Charlène avait reconnu son parfum et son alibi n'était pas convaincant. De plus, Pierre-Paul et William fréquentaient tous les deux la même école et connaissaient la victime; ils pouvaient très bien se connaître et avoir perpétré ce crime ensemble. Et le plus intéressant dans tout cela, c'est que la pointure et la marque des chaussures perquisitionnées à son domicile correspondaient!

J'aurais pu retourner voir Charlène chez elle, alors qu'elle venait à peine de recevoir son congé de l'hôpital, mais j'ai cru bon de la laisser se reposer. J'aurais aussi pu choisir de faire revenir Pierre-Paul au poste, mais c'est chez Anaïs que j'ai décidé de retourner cogner. Contrairement au jeune Gauthier, l'adolescente s'était montrée très volubile. Mon petit doigt me disait qu'avec la rancune qu'elle semblait entretenir envers son ex, elle allait certainement m'apprendre bien des choses sur lui et ses fréquentations. Elle pourrait ainsi m'aider à mieux comprendre la situation et à dresser un portrait plus précis de l'individu.

PARTIE 10

DEUXIÈME RENCONTRE AVEC ANAÏS

C'est la mère d'Anaïs qui m'a accueilli sous le porche de sa maison. Avant de me laisser entrer, elle m'a informé que sa fille était très ébranlée, puisqu'elle venait d'apprendre une autre terrible nouvelle : le décès de William, qui était un camarade de classe. Évidemment, à ce moment-là, personne d'autre que la police et les familles concernées n'était au courant que la mort de William et l'agression de Charlène étaient liées. J'imagine qu'Anaïs aurait été encore plus troublée si elle avait eu cette information, ce qui aurait pu altérer sa pensée critique.

La femme m'a fait part de son soulagement de savoir sa fille en sécurité à la maison. Elle a terminé notre discussion en soupirant : « Pauvre Charlène, comme si elle n'avait pas suffisamment de problèmes comme ça. En tous cas, je n'ai pas pris de risque, j'ai dit à Anaïs que tant qu'on n'aura pas trouvé celui qui avait fait ça, je devançais son couvre-feu à dix-neuf heures plutôt que vingt-deux heures et qu'elle n'a plus le droit d'aller au parc. » J'ai demandé à la femme quels étaient les autres problèmes auxquels Charlène faisait face.

C'est avec beaucoup de détours que la mère d'Anaïs m'a laissé entendre que selon elle, le fait de ne pas se sentir dans le bon corps était pour Charlène un dangereux problème psychologique. J'en ai profité pour l'informer de la définition du mot «dangereux», qui n'était pas, à mon avis, l'adjectif adéquat à utiliser pour qualifier la dysphorie de genre.

Elle a ajouté :

— À voir ce qui lui est arrivé, je crois que dangereux est le bon mot.

J'ai voulu renchérir en précisant que c'étaient plutôt les personnes violentes envers les autres qui étaient dangereuses, mais je me suis retenu. Ce n'était pas le moment de mener un tel débat et je voulais garder cette famille de mon côté. Après tout, Anaïs était la dernière personne à avoir vu Charlène avant l'agression.

Je suis entré avec la mère et j'ai retrouvé Anaïs au salon.

Q : Est-ce que tu connais bien William Silva ?

Contrairement à notre première rencontre, j'avais devant moi une adolescente plus confuse et plus troublée, qui me fuyait du regard.

R : Euh... Un peu. Ben, pas tant que ça. On va à la même école, mais on est pas dans le même

groupe d'amis. Mais je pense qu'il connaissait bien Charlène. Ils étaient amis, avant.

Q : Est-ce que William était aussi ami avec Pierre-Paul ?

R : Avec Pierre-Paul ? Pourquoi vous voulez savoir ça ?

Q : Nous avons des raisons de croire qu'ils étaient deux le soir de l'agression de Charlène.

La voix d'Anaïs s'est mise à trembler.

R : Deux ? Comment ça, deux ?

Q : Nous avons trouvé trois paires de traces de pas sur le sol. Celles de Charlène, celles de William et celles d'une autre personne. Et comme le parfum de Pierre-Paul flottait dans l'air ce soir-là, je me suis demandé s'il ne pouvait pas être le complice de William.

R : Mais je ne comprends pas... William a avoué qu'il avait agressé Charlène avec une autre personne ?

Q : Non. Mais il a écrit une lettre avant de mourir dans laquelle il dit avoir agi par amour. Dans ce contexte, je me demande quel aurait été le motif de Pierre-Paul d'être le complice de William.

R : Il a dit qu'il a agi par amour ? Vous pensez que William était amoureux de Pierre-Paul ?

J'allais la reprendre pour lui préciser que je supposais plutôt que William était secrètement amoureux de Charlène, mais je me suis ravisé pour la laisser parler.

R : Ça aurait du sens, qu'ils soient gais.

Q : Quoi ?

Elle a relevé la tête pour me confirmer qu'il était fort probable que Pierre-Paul et William aient agi ensemble, car elle les soupçonnait depuis toujours d'être homosexuels. Ces suppositions m'ont secoué, je l'avoue. Cette nouvelle information, bien que satisfaisante dans le cadre de l'enquête, me paraissait sortie de nulle part. Il commençait à se faire tard, les idées se bousculaient dans ma tête.

Q : Qu'est-ce qui te fait croire ça ?

R : Pour William, je sais pas trop, j'ai déjà entendu ça à l'école. Mais Pierre-Paul, lui... Disons qu'il parle tellement toujours de filles pis de sexe que ça cache quelque chose. C'est un gai refoulé, je le savais même quand je sortais avec lui. Il a embrassé Charlène, et ça, ça explique ben des affaires.

Ce qu'Anaïs me racontait me semblait à la fois plausible et tiré par les cheveux. Il était temps pour moi de prendre une pause. Je l'ai remerciée pour sa coopération et sa mère s'est proposée pour me raccompagner à la porte. Mon instinct de détective m'a poussé à m'arrêter immédiatement devant les Converse usées, rangées sur le tapis d'entrée. J'en ai attrapé une en disant :

— Elles sont bien populaires, ces chaussures.

— Oui, tous les jeunes portent ça.

— Celles-ci sont à qui ?

— À Anaïs, mais elle en a plein d'autres, de toutes les couleurs.

J'ai regardé rapidement la semelle immaculée, puis j'ai noté la pointure : dix. J'ai déposé le soulier et je suis sorti en saluant la femme.

PARTIE 11

DEUXIÈME RENCONTRE AVEC PIERRE-PAUL

À ma deuxième rencontre avec Pierre-Paul et son père au poste, j'ai été transparent avec eux en leur annonçant que l'enquête évoluait et que l'adolescent était désigné comme potentiel complice de William Silva pour l'agression de Charlène Pettigrew.

Q : Tu vas devoir me sortir une bonne raison pour que je te croie innocent, mon gars. Ton alibi n'est pas solide, la pointure et l'empreinte des souliers correspondent et l'odeur de ton parfum a été reconnue par Charlène et Anaïs.

R : Moi ? Le complice de William Silva ?! Je ne suis même pas ami avec lui. Demandez à n'importe qui ! On vous le dira. Pourquoi je me mettrais autant dans la merde avec un mec que je connais à peine ? Eille, mais attendez, là… Anaïs a identifié mon parfum ? Elle était présente lors de l'agression ?

Q : Anaïs a quitté Charlène peu avant l'agression et sur le chemin du retour, elle a senti ton

parfum. Tu devais te tapir quelque part dans les buissons.

R : C'est impossible ! C'était pas moi. Tout le monde à l'école peut témoigner que William, c'est pas mon ami.

Q : **C'est étrange que tu me dises ça, parce qu'une personne qui te connaît bien a pourtant affirmé qu'il était possible que vous soyez amoureux, lui et toi.**

Pierre-Paul a soudainement perdu son calme ; il a crié et pleuré à l'injustice.

R : QUI A DIT ÇA ? C'est Anaïs, c'est ça ?! Elle a dit à tout le monde que je suis gai parce que j'ai embrassé Charlène ! Je vous l'ai dit : Anaïs est jalouse pis elle s'invente plein d'affaires dans sa tête. Voyons, je suis pas gai ! Pis en plus, elle et moi, on s'est envoyé plein de messages texte ce soir-là, elle le sait que j'étais chez nous. Cette fille-là est folle ! Ça me surprendrait pas qu'elle essaie de me faire accuser. Elle a dit à toutes ses amies que je l'avais forcée à coucher avec moi et c'est même pas vrai ! On a même pas couché ensemble ! Anaïs, c'est une ostie de folle qui essaie de me faire porter le chapeau. Faut pas la croire.

Sur un ton provocateur, je l'ai informé que je me rendais de ce pas chez William afin de fouiller sa chambre et son téléphone. J'ai précisé à Pierre-Paul qu'il ferait mieux de prier pour que je ne trouve pas une lettre d'amour signée de sa main.

Je vous l'accorde, j'ai été brutal et j'aurais pu me passer de ce dernier commentaire. C'est d'ailleurs à ce moment que le père de Pierre-Paul s'est imposé pour finalement demander la présence d'un avocat. Sage décision de sa part.

À ma défense, je venais tout juste de recevoir les résultats des prélèvements faits sur le corps de Charlène et ils n'avaient rien de neuf à m'apprendre. Ça m'a mis dans une sale humeur. Je vous rappelle qu'à cette époque, j'étais plus jeune et moins mature qu'aujourd'hui. Tout aurait été tellement plus simple avec un bout de peau de notre mystérieux complice pris sous un ongle.

La prochaine étape était de me rendre à la résidence de William Silva, où ses parents m'attendaient. Tout comme moi, ils souhaitaient que l'on trouve le complice de leur fils afin de comprendre ce qui lui avait pris d'attaquer Charlène et de mettre ensuite fin à ses jours.

PARTIE 12

RENCONTRE AVEC LES PARENTS DE WILLIAM

C'est dans le but de dresser un portrait psychologique de William et ainsi de m'aider dans la recherche de son complice que je me suis entretenu avec monsieur et madame Silva au sujet de leur fils. Je vous épargne les pleurs et les égarements de cette longue rencontre émouvante pour vous retranscrire uniquement ce qui a été retenu comme information pertinente dans le cadre de cette enquête.

Selon les parents de William Silva, il s'agissait d'un garçon plutôt timide. Le genre d'enfant à longer les murs des couloirs de l'école. La plupart de ses amis étaient virtuels, des personnes avec qui il jouait à des jeux en ligne. Selon eux, William n'avait pas toujours été si solitaire. Il s'était replié sur lui-même pendant la transition de Charlène, qui était jadis son meilleur ami. Pour appuyer leurs dires, la mère du jeune garçon a sorti les bulletins scolaires de son fils. Dans ceux des dernières années, la plupart des enseignants mentionnent que William était effacé et participait très peu en classe. Ce genre de commentaires n'apparaît toutefois pas dans les bulletins datant d'avant le deuxième secondaire, soit l'année du début de la transition de Charlène.

Selon les parents, leur fils ne pouvait pas être l'instigateur de l'agression. Il avait sans doute été manipulé ou même forcé d'y participer. Évidemment, il aurait été étonnant que des parents disent le contraire, mais je gardais en tête que William Silva avait le profil d'un garçon plutôt doux, effacé et timide, exactement le même portrait que Charlène m'avait fait de son ancien ami.

Est-ce que William Silva avait refoulé les émotions qu'il ressentait en raison de la perte de son meilleur ami au point d'en arriver à vouloir se venger de cet abandon ? Dans le cas d'une vengeance si personnelle, qui aurait bien pu accepter de l'aider ? Même si toutes les preuves pointaient vers Pierre-Paul, je n'avais pas de motif autre que son amour pour William… qui n'était pas confirmé. Il me fallait donc trouver la preuve de cet amour, sans quoi le gamin avait de bonnes chances de s'en tirer.

PARTIE 13
PIÈCE À CONVICTION

Dans la chambre de William, j'espérais trouver deux choses. Premièrement, des indices me permettant de faire un lien entre Pierre-Paul et lui : une lettre, une photo, n'importe quoi qui pourrait prouver que les deux garçons entretenaient une relation secrète. Deuxièmement, tout autre objet qui aurait pu m'en apprendre davantage sur le crime commis. Par exemple, des gants qui porteraient par magie l'ADN de William, de son complice et de Charlène.

Non, je ne crois pas à la magie. J'essayais seulement de rendre cette histoire moins sordide et plus amusante. On me reproche souvent d'être ennuyeux et trop terre à terre.

Bon, où en étais-je ? Voilà, c'est ce qui arrive quand on joue avec les fioritures, on s'y perd…

Ah oui, j'y suis… La chambre !

Après qu'on a eu fouillé dans tous les tiroirs, sous le lit et sous le matelas, rien d'intéressant n'est apparu. Mais la poubelle, quant à elle, renfermait un sous-vêtement féminin bleu enrobé de papier de toilette. Je me rappelais que Charlène s'était fait prendre sa culotte lors de l'agression. S'agissait-il de la sienne ?

J'ai cru bon de montrer une photo de Pierre-Paul aux parents de William afin de savoir s'ils le connaissaient ou l'avaient déjà vu. Mais aucun d'eux n'a reconnu ce visage juvénile.

L'inspection du téléphone par un collègue allait toutefois m'apprendre quelque chose d'important qui n'avait rien à voir avec Pierre-Paul, puisqu'il n'y avait rien qui le concernait dans les textos ni dans les messageries TikTok, Instagram et Snapchat. Gauthier ne figurait même pas parmi les amis de William, alors que Charlène, Anaïs et d'autres camarades d'école étaient amis avec lui sur Snapchat ainsi que… Charles Marseille ? !

J'ai demandé aux parents de William s'ils connaissaient cette personne et ils m'ont appris que c'était leur neveu. Charles Marseille était donc le cousin de William ! Se pouvait-il que les deux jeunes hommes aient agi ensemble ? Malheureusement, Snapchat ne me permettait pas de voir leur conversation. Satanée plateforme éphémère qui efface tout !

Si Charles était le complice de William, l'hypothèse des parents de ce dernier voulant que leur fils se soit fait manipuler ne tenait pas la route. J'étais assez convaincu que Charles ne possédait pas les facultés intellectuelles pour perpétrer un tel crime avec si peu de failles.

Quand j'ai questionné les parents sur la relation qu'entretenait William avec son cousin, ils m'ont dit que Charles aimait beaucoup William et que bien qu'il soit le plus jeune des deux, William avait une nette avance intellectuelle sur son aîné. C'est pourquoi Charles le considérait comme un modèle.

J'étais confus. Est-ce que William était le genre de fils à dissimuler sa personnalité à ses parents au point d'être un grand manipulateur pervers capable de recruter son cousin dans le but de commettre une agression sur la fille qui avait jadis été son seul ami ?

Je suis reparti de chez William plus confus que jamais. Pourtant, à ce moment de l'enquête, j'avais tous les éléments pour me permettre de comprendre qui avait été complice de William dans l'agression de Charlène. Il me suffisait simplement de mettre les morceaux en place pour découvrir la vérité.

Ce soir-là, j'ai tout revu depuis le début. Et j'ai trouvé ! C'est donc ici que je m'arrêterai dans mon récit.

PARTIE 14

ACCUSATION

Arrivé à ce stade de l'enquête, je savais qui était le complice de William. Mais vous, l'avez-vous trouvé ? Évidemment, cette personne allait devoir subir un procès et se soumettre à tout le processus judiciaire, mais moi, je savais déjà qui serait reconnu coupable.

Que vous le vouliez ou non, c'est maintenant le temps de vous prononcer. À la lumière de toutes les informations que je vous ai fournies, saurez-vous dire qui a été complice de William Silva dans l'agression de Charlène Pettigrew le soir du 15 mai ? Qui mettriez-vous sur le banc des accusés afin de lui faire subir le procès mérité ? Une fois que vous vous serez prononcé, je vous révélerai la vérité. Mais avant, voyons voir si vous êtes perspicace. À votre avis, qui a réellement participé de près ou de loin à l'agression de Charlène ce soir-là ?

Prenez votre temps avant de rendre votre verdict et n'hésitez pas à tout relire une deuxième fois, car je vous rappelle que condamner une personne innocente ne vaut pas mieux que de ne jamais trouver le coupable. N'ayez pas honte de reprendre l'enquête depuis le début ; même moi, je le fais souvent et je ne suis plus un débutant.

William Silva a confessé, dans la lettre écrite avant de s'enlever la vie, avoir agressé Charlène, qu'il croyait à tort avoir assassinée. Les preuves sur le lieu de l'agression, quant à elles, nous révèlent qu'il y avait une autre personne avec lui, mais qui ? Voici les trois personnes rencontrées tout au long de cette enquête. Laquelle, à votre avis, est notre coupable ?

ANAÏS PHOMSUVANH

D'après vous, Anaïs, l'ex-petite amie de Pierre-Paul, n'est pas celle qu'elle prétend être et, comme son ancien copain l'a mentionné, elle tente de lui faire porter le chapeau d'un crime qu'elle a elle-même commis ? Si vous croyez que cette jeune femme a pu mentir à la police et tenter de nous mener sur une fausse piste en accusant à tort Pierre-Paul, allez à la page 105.

PIERRE-PAUL GAUTHIER

Selon vous, le parfum Hugo Boss fièrement porté par Pierre-Paul Gauthier, l'empreinte de ses chaussures ainsi que son alibi peu crédible l'ont-ils trahi? Vous pensez hors de tout doute que William et lui ont pu agir ensemble puisqu'ils avaient tous les deux des raisons d'en vouloir à Charlène? L'un parce qu'elle l'avait abandonné alors qu'elle était son seul ami et l'autre parce qu'elle l'avait trahi en rapportant ses gestes de tromperie à Anaïs?

Si, d'après vous, c'est Pierre-Paul Gauthier qui a assisté William le soir du 15 mai, allez à la page 101.

CHARLES MARSEILLE

À votre avis, Charles, le cousin de William, qui le considère comme un modèle, est notre suspect et il a participé à l'agression de Charlène le soir du 15 mai ? Si vous croyez que l'homme atteint d'une déficience intellectuelle aurait pu commettre ce crime puisqu'il était sexuellement attiré par Charlène et soumis à son cousin, allez à page 103.

La lecture attentive de cette enquête vous a permis de conclure que Pierre-Paul Gauthier est l'un des coupables. Après l'analyse des témoignages et de toutes les preuves, votre avis est que cet adolescent est le complice de William Silva et qu'ensemble, ils ont battu et laissé pour morte Charlène Pettigrew le soir du 15 mai.

Le parfum qui flottait dans l'air est selon vous une preuve irréfutable de sa culpabilité, tout comme ses souliers de la pointure et de la marque recherchées. Son alibi prétendant qu'il serait resté dans sa chambre au moment de l'agression ne vous semble pas suffisant, puisqu'il aurait très bien pu sortir et rentrer par sa fenêtre sans que ses parents s'en rendent compte.

Selon vous, Pierre-Paul aurait pu être motivé par l'idée de se venger du fait que Charlène a dénoncé son infidélité auprès de sa petite amie, qui ne s'est pas gênée par la suite pour tenter de détruire sa réputation. L'hypothèse selon laquelle William et Pierre-Paul seraient des amants secrets vous semble d'ailleurs plausible, puisque ce dernier a tenté de discréditer le discours d'Anaïs en la dépeignant comme « folle » lorsque je lui ai exposé les doutes de son ex-copine concernant son homosexualité.

Je vous annonce que vous avez tort. Relisez tout depuis le début, vous avez certainement raté quelques détails importants.

La lecture attentive de cette enquête vous a permis de conclure que Charles Marseille est l'un des coupables. Après l'analyse des témoignages et de toutes les preuves, votre avis est que ce jeune homme est le complice de William Silva et qu'ensemble, ils ont battu et laissé pour morte Charlène Pettigrew le soir du 15 mai.

Au vu de ses comportements douteux sur les réseaux sociaux et de ses nombreux messages pervers envoyés à Charlène, vous croyez que cet homme a le profil d'un délinquant sexuel.

Vous avez peut-être songé que sa déficience intellectuelle a pu brouiller son jugement et lui faire commettre un crime orchestré par son cousin et dont il ne pouvait comprendre la gravité. Mais dans tous les cas, vous jugez que cette personne est dangereuse et que son geste ne doit pas rester impuni.

Je vous annonce que vous vous êtes complètement perdu dans cette affaire et que vous avez tort pour plusieurs raisons. Faites-moi plaisir, relisez tout depuis le début. Vous trouverez certainement quelques détails qui vous ont échappé. Et de grâce, laissez ce pauvre homme tranquille !

La lecture attentive de cette enquête vous a permis de conclure qu'Anaïs Phomsuvanh est l'une des coupables. Après l'analyse des témoignages et de toutes les preuves, votre avis est que cette adolescente est la complice de William Silva et qu'ensemble, ils ont battu et laissé pour morte Charlène Pettigrew le soir du 15 mai.

Vous êtes convaincu qu'Anaïs tente depuis le début de faire porter à Pierre-Paul Gauthier le chapeau de cette violente agression sur une camarade de classe dont elle prétendait pourtant être l'amie.

Je vous annonce que vous avez entièrement raison ! Maintenant, voyons voir à quel point vous avez su comprendre l'ampleur de son implication et relever les indices qui en font la preuve.

Aviez-vous compris que la personne dont William était amoureux n'était ni Charlène ni Pierre-Paul, mais bien Anaïs ? Car c'est sa culotte bleue que nous avons retrouvée dans la chambre de William et non celle de Charlène. Comme l'a mentionné Charles Marseille, c'était la même culotte qu'Anaïs portait le soir du crime et qu'elle a fièrement montrée pendant le *live*. Pourquoi avoir donné sa culotte à William ? Pour le remercier et le récompenser de l'avoir assistée dans l'agression de Charlène.

Vous avez peut-être également saisi qu'Anaïs a tenté de me mener en bateau en m'emmenant à la pharmacie et en jouant l'innocente. Mais aviez-vous compris que c'est elle qui portait généreusement le parfum de son ex-petit ami afin que Charlène le sente sans difficulté et identifie Pierre-Paul comme étant son agresseur ? En ne divulguant pas à Anaïs que Charlène m'avait parlé du parfum en question comme elle s'y attendait, je l'ai forcée à me donner elle-même cette information capitale dans son plan. Ainsi sortie de son scénario de base de façon imprévue, elle a commis l'erreur de ne pas anticiper qu'elle aurait dû reconnaître ce parfum dès le début, puisque c'était celui de son ex-petit ami. En voulant faire comme si de rien n'était, elle s'est en partie dévoilée.

Le prochain indice était plus subtil, mais vous avez peut-être noté dans le discours de la mère d'Anaïs que l'heure du couvre-feu de sa fille était à vingt-deux heures et non vingt et une heures, comme cette dernière l'a prétendu devant Charlène. Ce qui donnait amplement le temps à Anaïs de commettre l'agression avec William et de rentrer chez elle à l'heure prévue.

Maintenant, voyons voir ce que vous avez noté à propos des souliers. D'abord, j'ai trouvé étrange que les chaussures de la jeune fille soient si propres alors qu'elles étaient visiblement usées, donc amplement portées. J'ai compris qu'elle les avait lavées pour effacer les traces de boue du parc. Aussi, avez-vous vérifié à quelle pointure une pointure dix de femme correspond en grandeur homme ? À une pointure huit, bien sûr, comme les traces prélevées sur les lieux du crime.

De plus, il est possible que vous ayez senti dans le discours de l'adolescente et de sa mère leur aversion pour la transidentité de Charlène. Comme moi, il est possible que vous ayez soupçonné un crime transphobe, surtout si l'on considère la nature des blessures infligées aux parties génitales de la victime.

Il vous est peut-être aussi venu à l'idée qu'Anaïs ait eu un désir de vengeance. Après tout, Charlène était en cause dans la rupture entre elle et son ex, un des gars les plus prisés de l'école. La mention de Pierre-Paul quant aux nombreuses prises de bec entre les deux filles et à la jalousie d'Anaïs face à la popularité de Charlène ne vous a sans doute pas échappé non plus. Une tendance transphobe accompagnée d'un désir de vengeance, et hop, nous avons un motif !

Sans détenir tous les détails, vous vous demandez sans doute si les parents de William avaient raison d'affirmer que leur fils n'avait pas la fibre d'un leader. Vous vous dites peut-être qu'il serait ainsi envisageable qu'Anaïs soit l'instigatrice de ce plan sordide. Je vous annonce que c'est exactement ce qui sera révélé lors du procès de l'adolescente, pendant lequel elle avouera tout.

Elle racontera qu'elle n'avait pas l'intention d'être aussi violente. Qu'elle ne voulait qu'effrayer Charlène et s'arranger pour qu'elle déteste Pierre-Paul afin que ces deux-là ne finissent jamais ensemble. Le fait que son ex ait embrassé une fille trans rendait Anaïs extrêmement mal à l'aise et lui donnait l'impression d'être ridiculisée. Comment un gars pouvait-il s'intéresser à une personne qu'elle ne considérait pas comme une vraie femme alors qu'elle, Anaïs, était là pour lui ?

Dans son procès, Anaïs avouera qu'elle avait promis de sortir avec William s'il l'aidait à se venger de Charlène et de Pierre-Paul. Mais elle n'avait pas prévu qu'un des coups qu'elle porterait à la tête de la victime allait lui faire perdre conscience. Elle expliquera qu'elle ignorait comment et pourquoi William et elle s'étaient laissés entraîner par la rage ; elle dira avoir vécu la scène comme si elle n'était plus dans son corps.

L'adolescente décrira également les minutes après l'agression. Elle précisera que William était convaincu que Charlène était morte et qu'il a paniqué, alors qu'Anaïs, elle, avait l'impression d'être une spectatrice extérieure de cette scène horrible. Elle répétait que Charlène était vivante, alors que son partenaire restait persuadé d'avoir causé la mort de sa voisine. Une fois de retour chez William, les adolescents sont allés dans le garage pour changer leurs vêtements, qu'Anaïs allait plus tard jeter dans une poubelle plus loin. Un plan réfléchi qui confirmait à quel point la jeune fille avait tout prévu. C'est là que l'adolescente a remis sa culotte à William, lui promettant d'honorer sa parole prochainement.

Anaïs Phomsuvanh était loin d'être une adolescente naïve. Elle était une personne aveuglée par la jalousie et la haine, manipulatrice, dangereuse, ayant besoin d'aide psychologique. Même si l'agression s'est avérée plus violente que prévu, le jury a conclu à une agression sexuelle avec préméditation. La condamnation fut sans appel.

Dans une autre
enquête de
Serg Barlkey...

COUPABLE

L'affaire Mana Thompson

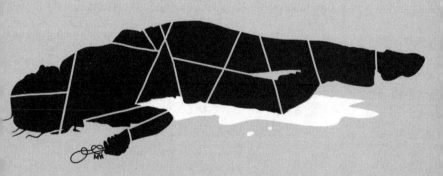

CARINE PAQUIN

PARTIE 1

L'APPEL

 Appel à toutes les unités, un corps vient d'être retrouvé échoué sur le bord de la rivière des Prairies à la hauteur du parc Rimbault. Je répète, un corps vient d'être signalé sur le bord de la rivière des Prairies à la hauteur du parc Rimbault.

21-15 en direction.

 Message reçu, 21-15.

Ici 21-15. La victime est décédée depuis
plusieurs heures. Jeune femme, sans pièce
d'identité, potentiellement mineure. On sécurise le
secteur. Envoyez-nous Barkley.

En recevant cette affectation, à la fin de l'hiver 2018, je savais que l'enquête m'ébranlerait, car à cette époque, ma jeune sœur avait le même âge que la victime : quinze ans. Une adolescente s'était peut-être fait arracher sa vie, et c'était à moi de trouver qui s'était octroyé ce droit immoral.

Savez-vous quel est le plus grand handicap des enquêteurs ? Leurs préjugés. Et dans ce cas-ci particulièrement, car à première vue, j'avais affaire à une jeune fille naïve prise d'un amour irrationnel et mortel.

D'un autre côté, il arrive que nos préjugés soient un atout ; ils agissent comme notre petite voix intérieure et nous guident vers la vérité... mais il ne faut pas leur faire confiance aveuglément.

Vous voyez comme rien n'est évident dans mon métier.

Me voilà qui m'éparpille. Reprenons depuis le début afin que vous puissiez mieux comprendre.

La victime

À première vue, le corps retrouvé sur le bord de la rivière des Prairies, près du parc Rimbault, ne porte aucune marque de violence, et les vêtements de la victime sont intacts. Dans ses poches, l'adolescente de quinze ans a son cellulaire, un billet de cent dollars et un mouchoir détrempé. Selon ses proches, Marie-Nadine n'avait aucune raison de vouloir attenter à ses jours, et personne ne comprend ni comment ni pourquoi elle serait tombée dans la rivière par accident.

Les suspects

Daven St-Pierre, jeune homme de dix-neuf ans ayant grandi à Montréal et ayant récemment déménagé à Rimouski. Il ne possède aucun dossier criminel, mais est ami avec des personnes bien connues de la police. C'est un jeune issu des centres jeunesse qui semble avoir retrouvé le droit chemin. Il a un appartement et travaille dans une pizzeria.

Homme d'affaires aux activités douteuses, âgé de cinquante-cinq ans. Propriétaire de plusieurs bars à Montréal dont la police ne se tient jamais bien loin. Il a la réputation de s'intéresser aux femmes plus jeunes que lui et de pratiquer l'échangisme et le polyamour.

Homme de vingt-cinq ans qui a eu plus souvent qu'à son tour affaire à la police. Il n'a jamais été arrêté en lien avec un délit grave, mais il a plusieurs mentions à son dossier et il a souvent été impliqué indirectement dans des affaires criminelles. C'est une personne qui change souvent de travail et qui n'a pas la réputation d'être fiable.

Ancienne danseuse dans un club de striptease, Katy Bacon est âgée de vingt et un ans et elle travaille dans les bars de l'homme qu'elle fréquente : Marco Padillo. Dans ces endroits, elle fricote chaque soir avec la délinquance et l'illégalité. Elle est l'ex-petite amie de Daven St-Pierre.

VOUS POUVEZ SUIVRE CARINE:

 @carinepaquinauteure

 @carine_paquin_auteure

 @Carinepaquinauteure

lesmalins.ca

TU AS ENVIE DE SENSATIONS FORTES ?

4 HISTOIRES TERRIFIANTES qui hanteront tes rêves pendant des jours!

Chroniques de Molochville

Jocelyn Boisvert
Véronique Drouin
Sandra Dussault
Patrick Isabelle

Nouvelles • Concours • Promotions • Surprises

Abonne-toi à l'infolettre !
lesmalins.ca